Five Stars

Compiled By
Bhawna Sharma

Daiso Publishing House
SKU: 211DAISO
BPDN: RS/145215/2021/211

Language: English and Hindi

DISCLAIMER

This anthology based on the Open
theme. The compiler
has tried her best to edit and curate the contents
of the co-authors and make them plagiarism free.
All the write-ups in this book are unique.
In case of any plagiarism detected, neither the
compilers, nor the publishers are responsible.
Co-authors will be solely responsible for their
own content.

ACKNOWLEDGEMENT

The making of this anthology would not have
been possible without the support of the
publishing house and the co-authors, we express
our gratitude towards all the ones who have
worked hard for making this book successful.
Thanks to my family and friends for supporting
me throughout this project.
Lastly, I thank the almighty.

Daiso Publishing House

Compiler

Bhawna Sharma

Profession: Motivational writer

Enterpreneur

Online Businese Coach.

Helping peoples to start their .

business.

Instagram ID: @sirfsadharan

She is 24 years young & She is a strong human being and have deep emotions for the society.
She is fond of reading books and listening music.
She loves photograpy & photongenic too.
She is from the city of Faridabad in Haryana state.
Her words are powerful enough to encourage any individual in low life state.
She gets motivate when she motivates others with her encouraging statements.
She is the co author of many books.

सोचा ना था।

सोचा ना था
कभी ऐसा भी दिन आएगा।
क्लम भी चेलेगी मेरी
नाम भी किताबो में दर्ज हो जाएगा।

साधारण सी विचारधारा को भी
एक नया नाम मिल जाएगा।
"सिर्फ साधारण भावना "के नाम से दुनिया में नाम बन जाएगा।

सोचा ना था
कभी ऐसा भी दिन आएगा।
क्लम भी चेलेगी मेरी
नाम भी किताबो में दर्ज हो जाएगा।

Bhawna Sharma

मैं और मेरी कलम।

मैं और मेरी कलम जब भी मुलाकात करते है।

तब पन्नों पर आकर ही जज्बात बयां करते है।

मैं और मेरी कलम जब कभी असहाये महसूस करते है ।

तब पन्नो पर आकर ही खुद को मजबूत बना लेते है।

मैं और मेरी कलम जब भी मायुस होते है तब पन्नों पर आकर ही

साथ में मुस्कुरते है।

मैं और मेरी कलम जब भी अकेला महसूस करते है।

तब पन्नों पर आकर ही साथ में कविता बना लेते है।

मैं और मेरी कलम ज्यादातर एक दूसरे से जूदा से रहते है।

लेकिन कमजोर होने पर पन्नों पर

आकर ही मुलाकात करते है।

मैं और मेरी कलम।

ऐसे ही एक दूसरे का साथ निभाते है।

फिर पन्नो पर एक दूसरे के हालात बयां करते है।

Bhawna Sharma

आजादी की मिसालें दी जाती है।

किसने दिया तुम्हे ये अधिकार।

तुम होते कौन हो ?

मुझे सुनाने वाले।

तुम होते कौन हो ?

मुझे रुलाने वाले।

कोई अधिकार नहीं है तुम्हारा ।

मेरे सपनो को तोड़ने का।

मुझे अपने हाथो कि कथपुटली समझने का।

तुम्हे कोई अधिकार नहीं है ।

मुझे सबकी नजरो में गिराने का।

बेवजह बात - बात पर मुझे जलील करने का।

तुम्हारा किया हुआ काम मेहनत कही जाती है।

वही मेरी मेहनत की नियत गलत और समय की बर्बादी

बतलाई जाती है।

देखो तो ऐसी आजादी की मिसालें दीं जाती है।

आखिर कैसी है ये आजादी।

कैसा है ये नारी का सम्मान ।

किस चीज का है इन्हे गुमान।

खुद की सचाई पर बात आए।

तो बेईजती महसूस होने लगती है।

जब हिम्मत हमने दिखाई तो बोहोत बेईजती करवाई।

Bhawna Sharma

अंत में कैद हो जाना है।

कुछ वक़्त मुस्कुराले बन्दे।

तु भी एक याद बन जाएगा।

कब तक खोया रहेगा जग में।

जग से तु भी चला जाएगा।

रख तु अपना इमान ।

ना करना तू गुमान।

आज जिसके लिए तु रोता है।

सबसे पेहले वही तुझे जलाएंगे ।

फिर गुजरे वक़्त के साथ।

तसविरों में कैद हो जाना है।

किनके मोह में तु खुद को खोना चाहता है।

सब कुछ तेरे मन का कुछ पलो का धोखा है।

कुछ वक़्त मुस्कुराले बन्दे।

तु भी एक याद बन जाएगा।

कब तक खोया रहेगा जग में।

जग से तु भी चला जाएगा।

अंत में तु भी तसविरो में कैद हो जायेगा।

Bhawna Sharma

बादल

उम्मीदो के ये बादल ।
पल भर में छट जायेंगे ।
पहले आप पहले आप के चक्कर में ही
ये दूर कहीं चले जांयेंगे

उम्मीदो के ये बादल ।
पल भर में छट जायेंगे ।

मन की बातें मन में ही रह जाएँगी
थोड़ा समय गुजर जाने पर तुझे बोहोत सताएंगी.

कभी नम होंगी आंखे तो कभी दिल भी तेरा दुःख जायेगा
पहले आप और पहले आप की असमंजस में
ये समय यूँ ही गुजर जायेगा

अनुमानों के पैमाने में तु खुद ही गुम हो जाएगा।
मारकर अपनी इच्छाओ को तु खूब रोना चाहेगा।

फिर ना निकलेंगे अश्क तेरी आँखो से।
ना नम तेरी आँखे होंगी।
रोना भी तु चाहेगा तो रो नहीं पाएगा।

उम्मीदो के ये बादल ।
पल भर में छट जायेंगे ।
पहले आप पहले आप के चक्कर में ही
ये दूर कहीं चले जांयेंगे

Bhawna Sharma

चुप रहूँ कैसे।

चुप रहूँ तो तूफान सा लगता है।
कुछ कहूँ तो तूफान उफान पर होता है।

जज्बातो का तूफान है या सिर्फ आंखो का धोका है।
शब्दो का जादू है या कोई अंदाज़ अनोखा है।

संसार की माया नगरी में इंसान भी बड़ा ही अनोखा है।।
रिश्ते ही ज़िन्दगी है फिर भी बात इन्ही की चुभनी है।

ना जाने कैसा इंसान ये अनोखा है।
दिल पर बात लगी या बात दिल पर किसी की लगी।
अपनों की ही बात तीर के जैसी लगी।

सफर का ये मंजर ही अऩोखा है ।
हम ही खुद के माझी है ।तो हम ही खुद के साथी है।

चुप रहूँ तो तूफान सा लगता है।
कुछ कहूँ तो तूफान उफान पर होता है।
Bhawna Sharma

भरम टूट रहे है।

एक भरम की थी दुनिया।
धीरे-धीरे सारे भरम टूट रहे है।

करके हकिकत से मुलाकात
हम जीने का सलिखा सिख रहें है।

झुटे से कुछ बंधन उमीदो के बोझ में दबाते है।
छलावे के रूप में इंसान को अन्दर तक तोड़ते जाते है।

भरम टूट रहे है सारे दुःख में डूबकी लगा रहे है।
अब हकिकत को देखकर बस रोये जा रहे है।

कांच सा भरोसा करके दम घोंटें जा रहे है।
दुख कि वजह खुद बनकर इल्जाम गैरो पर लगाये जा रहे
है।

समझते है हम भी कुछ ना कुछ तो
एक भरम की दुनिया के धीरे-धीरे सारे भरम टूट रहे है।

Bhawna Sharma

सुकून तेरी शरण में।

सुकून तेरी शरण में जो मिलना ही ।

उससे कभी ना तुम मुझे दूर रखना।

रहूं चरणों में तेरे रखतें अब यही ख्वाइश है।कोई दें या ना

दें साथ मेरा बस तुम सदा पीछे खड़ें रहना।

गैरों से ना मांगु कभी ऐसे तुम साथ देना।

निरास जो हो जाऊँ कभी तो।

आशा का सार तुम बनना।

घेरे जो कोई दुःख मुझे कोई।

तुम सब्र का बीज बनना।

चाहे कैसा भी हो समय मेरा ।

खुद से कभी जुदा ना करना।

यूं ही अपने संग तुम मुझे रखना।

ना दुखें दिल कोई मेरे कारण ।

बस इतनी सी कृपा तु करना।

सुकून तेरी शरण में जो मिलना ही ।

उससे कभी ना तुम मुझे दूर रखना।

रहूं चरणों में तेरे रखतें अब यही ख्वाइश है।कोई दें या ना दें साथ मेरा बस तुम सदा पीछे खड़ें रहना।

17

Bhawna Sharma

खोजूं खुद को

खोजूं खुद को हर पल इस संसार में।
मिला ना मुझसा कोई अनोखा इस किरदार में।
मन का डर मेरा मैं ही बन गया।

मैं खुद के लिए ऐसा दारिया बन गया।
गीरते संभलते मैं खुद से लड़ गया है।

ना जाने कब मैं खुद के लिए ही एक पहेली बन गया।

चलता हुआ अकेला सफर में ।
ना जाने कब काफ़िर बन गया।

खोजूं खुद को हर पल इस संसार में।
मिला ना मुझसा कोई अनोखा इस किरदार में।
मन का डर मेरा मैं ही बन गया।

Bhawna Sharma

सबक जरूर नया होगा।

हर दिन का नया सवेरा।

एक ही संदेश मुझे दे जाता है।

आने वाला हर दिन होगा तेरा।

कभी असफल हुए तो।

तो मायुस ना तुम होना

सिखने को भी तो कुछ जरूर मिलेगा।

सबक जरूर नया होगा।

कर हर बार कोशिश तु हजार।

मुकम्बल तेरा हर काम होगा।

फिर ना महसुस तुझे कोई गम होगा।

थोडा मजबूत बना खुद को।

संग तेरे खुशियों का सवेरा होगा।

हर दिन का नया सवेरा।

एक ही संदेश मुझे दे जाता है।

आने वाला हर दिन होगा तेरा।

Bhawna Sharma

मेरे शब्द।

मेरे शब्द कहीं खो से जाते है।

जब भी कभी वो मुस्कुराती है।

अकेले ही जब कभी वो गुनगुनाती है ।

मानो चारो तरफ खुशियों के फूल महकने लग जाते है।

शब्द कम पड़ जाते है मेरे।

जब वो चुप होकर मायुस हो जाती है।

करके बगावत मुझसे ये शब्द उसकी तरीफो में खो जाते है।

लड़ने को है तैयार मुझसे मुझे ही आईना दिखाते है।

मेरे शब्द कहीं खो से जाते है।

जब भी कभी वो मुस्कुराती है।

Bhawna Sharma

ग्रह युद्ध।

मुश्किल है ग्रह युद्ध में जीत पाना।
मुश्किल होता है अपनो में ही अपने को खोज पाना।

बात-बात पर तुम्हे सुनाया जायेगा।
उम्मीदो के तराजु में तुम्हे तौला जायेगा।
परायेपन का एहसास हर बार दिलाया जायेगा।

मुश्किल होता है बिना कहे अपने के दर्द को समझ पाना।
मुश्किल होता है उसकी खामोशी में भी मन के शोर को
सुन पाना।

मुश्किल है ग्रह युद्ध में जीत पाना।
मुश्किल होता है अपनो में ही अपने को खोज पाना।

Bhawna Sharma

नसीब भी बड़ा अजीब है।

नसीब भी बड़ा अजीब है।
दुनिया में बोहोत कम लोग खुशनसीब है।

मंज़िल भी अभी ना करीब है ।
दुनिया में बोहोत कम लोग खुशनसीब है।

बस दुःख ही उसके करीब है।
दुनिया में बोहोत कम लोग खुशनसीब है।

दर्द का रंग भी बड़ा अजीब है।
दुनिया में बोहोत कम लोग खुशनसीब है।

जीवन का सफर भी बड़ा अजीब है।
दुनिया में बोहोत कम लोग खुशनसीब है।

चेहरे के मुखोटे भी बड़े अजीब है।
दुनिया में बोहोत कम लोग खुशनसीब है।

इंसान भी बड़े अजीब है। गम के पेहरे इनके जयादा करीब है।

नसीब भी बड़ा अजीब है।

दुनिया में बोहोत कम लोग खुशनसीब है।

Bhawna Sharma

विचार "परेशानी तो हमेशा रहती है ।

परेशानी तो हमेशा रहती है ।
क्योंकि उसको खोजना नहीं पड़ता ।
इसके उलटा है समाधान तो सबको चाहिये।
लेकिन खोजना कोई नहीं चाहता ।
क्योंकि इस पर ध्यान किसी का नहीं जाता है।
या फिर कोई ध्यान देना नहीं चाहता ।

जीवन में सबसे आसान अगर कुछ है।
तो वो है " परेशानी"

लेकिन अगर मेहनत कहीं होगी तो समाधान
की खोज में ही होगी।
जो सबको चाहिए।

Bhawna Sharma

ठहर जातें है।

ठहर जा कुछ वक्त

थोडा रुक कर चलते है।

सफर लम्बा है थोडा सा विश्राम कर लेते है।

पैरो के छालो पर जरा मरहम लगा लेते है।

कांटे अभी बोहोत है राह में

चलने का हौंसला जुटा लेते है।

ठहर जा कुछ वक्त

जरा थकान मिटा लेतें है।

सफर लम्बा है थोडा सा विश्राम कर लेते है।

Bhawna Sharma

Co-Authors

Ashita Sharma

Ashita Sharma is a Post graduate in Microbiology from Nagpur whose mind resides in laboratory but her heart lives in writing.

A passionate storywriter on wattpad, she has won many poetry contests and have been a part of more than 200 Anthologies out of which 40 are published and released online.Currently she is compiling four books and is working with NaviEncre Publications as Marketing head & Project Manager. Recently, she has been awarded with the Opus Talent Awards and Emerging Talent Awards from the team Opus Coliseum. Along with writing,she has also been an ardent participant of Open mic events, magazines & many workshops.

She aims to achieve more in this world of words and wishes to publish her own solo book in near future.

A companion for life

In the moments of utmost pain.
In the storms of heavy rain.
I felt sad, I felt alone.
Days and nights I used to mourn.
Why Am I deprived with that love and care?
Why I only have these empty rooms to stare?
In such gloomy days and dark night.
I couldn't think of what's wrong or right.
Realisation of life, turned my world around.
When in solitude was the bliss I found.
I became that loving hand to caress my cheek.
I became the star shining when gloom & meek.

In the mirror when I looked with a new vision,
I found the only person in the crowd of million.

Now I have myself to shower that love on.
Now I have a smile of calm, that I usually don.

I no longer have the empty rooms to stare.
As I have myself to pamper and care.

I feel confident, happy and no longer sad.
I cherish all phases , whether good or bad
Giving myself enough time,

● ● ●

to bloom and grow
Now after those stormy rains of life
I became my own rainbow.

Ashita Sharma

Let the mask fall

There is a person behind every mirror,
who wants to live differently,
There is a smile on every face,
That wants to come out naturally,
There is a world we all want to live in,
There is a life we hope to be in ,
Behind every smile, every tear, every truth ,every lie there
is a need, ,a dream desire of all,
Now is the time to live in that way to breathe ,to laugh ,to
come out of that sad ball ,its time to let the mask fall.

Ashita Sharma

Love has no boundations

Some described love as heavenly as the Divine,
says its better when old like the vintage wine.
Some measured it on traditions, on norms.
But they did not accept its varying forms.
They shattered love with their unfair customs.
Scattering hearts into pieces, later left broken.
Be it people like Laila Majnu or Romeo Juliet,
the true lovers died, making love immortal.
Love is love, no matter what caste or gender.
Its a power where even God has to surrender.

In a world full of hatred, its the only solution.
It is free from any boundary or condition.

Love is like the bird, better when let free.
Its strong and tough like a deep rooted tree.

Love is love, no matter who is involved,
Because it is a feeling, naturally evolved.

Ashita Sharma

Turn of tides

And in the farthest corner, standing alone,
with some dried tears she smiled wide.
Thinking about her changing life ,she pondered upon the
turn of tides.

Not finding anyone beside, she became her own guide.

Even the tears have dried and no one knows that she had
actually cried for days and for nights.

She moved on ,she lived her life, pretending well that she
is okay, she became her own pride.

And one day she looked back again only to see that yes
she had actually survived those high waves with turning
tides.

Ashita Sharma

Embracing the darker shade

Darkness is tough to deal with but when the light fails to
enlighten our life,
when there is nothing in this world that seems alright, in
these times,

the colours fade, the shades fade,
and such times teaches us,
to embrace those darker shades.

Being in the dark world of gloominess,
we may feel scared at times, in beginning
but slowly we learn to live in this world,
eventually, we learn to love the dark in pieces.

It may not be a complete world of joy for all,
but one day, everyone has to stay strong & tall.

Its tough to Embrace the darker shade when light doesn't
pass the narrow hole of life.

But when the colours fade to touch the soul,
these darker shades help in dealing with life.

Ashita Sharma

Mirroring Yourself

Karma is the ultimate truth . All good bad deeds are served right in this one life .
So stop being arrogant and be kind.
Learn to accept your flaws and improve yourself.
Stop saying bad about anyone , see the goodness in that person.
Change yourself for something better.
Seek happiness in self love not in self obsession.
Speak the truth and stop lying.
Accept criticism in a healthy way , take it sportingly coz its a part of our life.
Stop gaining sympathy by crying in front of others instead be strong enough to handle yourself.
Be a better human rather being ruthless.
Be wise not cunning.
Never be a two faced person never , coz when the truth unfolds , it may shatter your world .
Stop seeing yourself as a powerful one rather see how kind you have been in your entire life.

Yes Karma serves you rightly in this life itself so take every decision smartly , use your mind and heart both while taking those small steps

Ashita Sharma

The beauty of words

These days I have realised that there is nothing more beautiful than "words ".

The words have a great impact in my life these days, some phrases, some poems, some quotes seems so relatable.

Just a few words and my life gets summarised with them, just few words which make me happy , which make me cry.

People say words have a power to break you or make you but then a few words will make you see a "New you ".

Truely, the world of words is a beautiful place to be in, its my world of joy, my paradise.

Ashita Sharma

An Open Sky

Its a beautiful world of joy,
beneath is the power of land while,
above resides a vast open sky.

Its a happy colourful place,
without any man's greed or human race.

It has fulltime dreamers,
It has strong believers.

There are dreamy eyes and,
birds with open wings,
flying high in blue skies.

It has tall and strong trees ,
green leaves dancing to and fro,
with the movement of breeze.

The land beneath tells a truthful tale,
but the clouds have a mystery no can tell.

Bucket full of dreams, which the eyes treasure,
the white sky keeps those dreams safe forever.

Truely, its a beautiful world of joy,
beneath is the power of land while,
above resides a vast open paradise

I am back

I am back in the real world
Fighting the battle
Standing strong
Falling miserably
Failing badly

Being depressed for months and years
Shedding the weight of my heavy tears

I am finally back in search of my abode
This time shining bright
I am sparkling like a precious gold

Yes , I am back to my old self
yet stronger than I could ever be
This time I am changed , I feel free
Gifting my old self a version of new me.

Ashita Sharma

A Red Rose

A red rose signifies eternal love , even if it dries , the petals wither , the colour changes , but still the red rose is beautiful in its most tormented state .

Keep a rose in your book for years and one day you will find it safe .

It opens several doors of memories for you and you keep floating on those waves of nostalgia.

How a red rose never dies , even after years , similarly our love wont die , never !

It would be treasured like the rose always and forever.

Ashita Sharma

In the Dark vs light

She lived in dark as much as in light .
She was strong enough to tackle and fight .

She loved dark as much as she loved light .
Someday she craved for support .
Someday she became her own knight .

She wished to be in the dark , as much as light.
Someday her wings were ready for a flight .
Someday she failed to fly her life's kite.

She lived in dark as much as in light ,
battling her inner demons day and night

Ashita Sharma

The last string

Sometimes life gives you unexpected situations where you lose control over yourself and your emotions.

Sometimes you lose your calm, your patience and then you breakdown, letting your emotions flow through your eyes, you try to let go the pain in your heart.

But is it really so easy to forget?
To let go?
To erase?
To move on?

No is the instant reply , a heart says coz its never so easy to let go.

Sometimes you want to hold on and suffer coz you understood that no one really cares.

Everyday you tend to pretend ,but when you feel tired of wearing that mask, you break at the end.

That's the ultimate moment what life bring ,breaking off the last string.

The last string of hope, strength & patience which you were trying to hold since so long is broken. But its okay to break, stop this pretend because breaking down makes us strong at the end

Ashita Sharma

Moonlight

When there is dark, when there is no light.
When everything seems wrong but nothing right.
Trust on your star, which is not that far.
Trust on the moon that is shining bright.
Endure the beam that's pouring on you.
Embrace the moonlight that's reviving you .

Ashita Sharma

Soulful Feathers

Her soul was embedded with light feathers
Her skin reflected a sprinkle of vibrant colours

Deep down she wished to let herself fly ,
She wanted her colours to spread notches high

But then the world's darkness pulled her down
Heavy stones dropped on her delicate feathers , weighing
her down.

Ashita Sharma

Love in blind

Love is blind and something hard to find .
Sometimes unexpected, sometimes aligned.

Love is something hard to find.
But is special when two hearts are combined.

Love may not always treat you well or kind,
but its true when done with heart and mind.

Love may sometimes be illogical and blind.
But love is love , no matter whatever the kind.

The true kind of love is hard to find .
Its for always and forever even if love is blind.

Ashita Sharma

Her Love

Her love was pure and deep like the sea.
But her true feelings he could not see.

She kept on loving him madly everyday.
But he was planning to leave her someday.

She dreamt for a love, eternity and beyond.
But his Perspective not understand this precious bond.

And now after years, she has moved on in life after all
those clashes,
collecting her broken heart's pieces, which he had once
burnt into mere ashes.

Ashita Sharma

Now is the time

Now is the time.
To make everything fine.
Today is the day full of light.
A Day to make this life right.

Present is what is very important.
Because its yours even when not constant.

Now is the time to grow and achieve.
Building life, you wished, hope and believe.

Past is gone, future remains unknown.
Your present is what you shall manage alone.

Today is the day to improve your insight.
Its the only moment to make your world bright.

Ashita Sharma

Promises

A string of love binds two beating hearts
Making promises plays there a wonderful part

Sometimes with eyes , sometimes by words
Making promises connects many worlds

Its a symbol of pure love
Brings peace like the mourning dove

When broken, it shatters the world down
When kept, it shines like a sparkling crown

Making promises , makes the bond of heart
Treasuring it forever is a wonderful art .

Ashita Sharma

Perspective

I have a very different kind of mind.
I cant be like people , deaf and blind.

I have my perspectives, my opinions.
I cant really take wrong and cry over onions.

My heart is an ocean of emotions.
I prefer to be stable , when the world is in motion.

I may be targeted , I may have clashes.
But I am not scared of those words, which are mere ashes.

I am curious , I am keen.
I attach deeply even through the screens.

My wisdom is my world.
My life is all about the spoken, unspoken words.

Ashita Sharma

Divya Sharma

She is Divya Sharma and belongs to a small district, Morena of Madhya Pradesh . She started her journey from her mother's lap and now become a mature girl . Her studies is M.Sc. from maths stream and wanted to become a professor . She wanted to do something special for orphan children and wants to adopt a child after her marriage and give her/his a bery better and beautiful life. Her inspiration for writing is her school friend . She started her journey as a writer in Oct, 2020 , and work in many anthologies as a writer like : Shararat , Enlightenment of words , Vacations etc.

Insta I'd - 10puresoul

" फर्क सिर्फ इतना सा है "

सभी इंसान हैं मगर

फर्क सिर्फ इतना सा है

कोई ज़ख्म देता है

कोई ज़ख्म भरता है

हमसफ़र बहुत हैं मगर

फर्क सिर्फ इतना सा है

कोई साथ देता है

कोई साथ छोड़ देता है

प्यार सब करते हैं मगर

फर्क सिर्फ इतना सा है

कोई जान देता है

कोई जान लेता है

Divya Sharma

" यादों के सहारे "

तुम्हारी यादों के सहारे

दिन तो गुजार जाते हैं

लेकिन रात है की गुजरती नहीं

तुम तो मुझे छोड़ कर चले गए

ये कहते हुए की मैं मजबूर हूं

तुम्हारा साथ नहीं दे सकता

तुम्हे जाना था इसलिए गए

लेकिन जाते जाते मुझे बता जाते

कि यादों सहारे दिन तो गुज़र जायेंगे

मगर जिंदगी कैसे गुजार होगी ....??

Divya Sharma

" शायद "

वो एक मासूम सी चाहत

वो एक गुमनाम सी उल्फत

वो मुझे महसूस होता है

वो मेरे पास है अब भी

वो जब भी याद आता है

निगाहों में समाता है

जुबान खामोश होती है

मगर ये आंख रोती है

मैं खुद से पुछ लेती हूं

क्या उसे प्यार है मुझसे

जवाब सोच लेती हूं

उसे भी प्यार है "शायद"

इसी "शायद" में बसती है

अब तो हर खुशी मेरी

यही एक लफ्ज "शायद"

बन गया है जिंदगी मेरी

Divya Sharma

क्यूं ....??

मैं कभी कभी सोचती हूं ,

क्यों हम खुद को साबित करना चाहते हैं ?

क्यों हम सबसे ऊपर उठना चाहते हैं ?

क्यों मन की शांति जरूरी नहीं ,

तन की सजावट जरूरी है ?

क्यों मन की सुंदरता काफी नहीं ,

दिखावटी शानो शौकत जरूरी है ?

क्यों चेहरे की मुस्कान काफी नहीं ,

ताज की चमक जरूरी है ?

क्यों दिल का सुकून काफी नहीं ,

दूसरों की तसल्ली जरूरी है ?

क्यों सिर्फ खुशियां काफी नहीं ,

पैसे कमाना जरूरी है ?

क्यों सिर्फ मां बाप का प्यार काफी नहीं ,

कोई महबूब होना जरूरी है ?

क्यों कोई छोटी सी काबिलियत काफी नहीं ,
राजगद्दी पाना जरूरी है ?

Divya Sharma

क्यों कोई छोटी सी काबिलियत काफी नहीं ,
राजगद्दी पाना जरूरी है ?

" तुमसे मोहब्बत है "

नाराज़ होकर भी नाराज़ नहीं होते ,

खफा होकर भी खफा नहीं होते ...!

दूर होकर भी दूर नहीं होते ,

कुछ ऐसी मोहब्बत है तुमसे ....!!

दूर तो हैं फिर भी दूर नहीं

देख नहीं सकते फिर भी तुम ही तुम हो...!

दूसरे शहर रहकर भी मेरे पास होते हो ,

कुछ ऐसी मोहब्बत तुम हमसे करते हो .....!!

Divyu Sharma

" ईश्क किए बैठे हैं "

उसके इंतज़ार में खुद को सजाए बैठे हैं ,

राहों में पलकें बिछाए बैठे हैं .....!

उसके आने की कोई उम्मीद नहीं है ,

फिर भी उसको दिल में बसाए बैठे हैं ...!!

इश्क में उसके सब कुछ भुलाए बैठे हैं ,

खुद को उसका बनाए बैठे हैं .....!

दिल जानता है वो मेरा नहीं है ,

फिर भी उसी से ईश्क लगाए बैठे हैं .....!!

Divya Sharma

" क्या अपना कहोगे "

अगर छोड़ दूं हाथ तुम्हारा ,

तो क्या फिर से थाम सकोगे ?

बात करूं तुमसे तुम्हारे ही अंदाज में ,

तो क्या मुझसे बात कर सकोगे ?

मैं भी नजरंदाज कर दूं ,

तो क्या फिर से नज़रें मिला सकोगे ?

मैं भी अपनाने से इंकार कर दूं ,

तो क्या मुझे अपना कह सकोगे ?

Divya Sharma

" खुद से प्रीत "

जब कोई तुझसे रूठ जाए तो ,

खुद से बात कर ले !

सब तेरा साथ छोड़ दें तो ,

खुद से दोस्ती कर ले !!

हर कोई दूर हो जाए तो ,

खुद को खुद के करीब कर ले !

गर करें सब तुझसे नफरत तो ,

खुद से प्रीत जोड़ ले !!

Divya Sharma

Daiso Publishing House

" कान्हा का शुरूर "

दुनियां को रंगों का गुरूर है

और मुझे मेरे सांवले का शुरूर है

एक तो उसका सांवला रंग

उस पर से उसकी मीठी मुस्कान

जी करता है हर पल देखते रहो

रूप है उसका कुछ मनमोहना

एक उसका छुप छुप कर माखन खाना

उस पर से सारे ग्वालों को संग खिलाना

मनमोहना तो कहते ही हैं उसे

मगर अपनी मीठी मुस्कान से

और अपने नटखट स्वरूप से

दिल भी चुराता है वो कृष्ण कन्हैया सबका !

Divya Sharma

" प्रेम "

मीरा का प्रेम उपासना था

तो कृष्ण को आराध्य बना दिया

रुक्मणि का प्रेम दांपत्य था

तो कृष्ण को पति बना दिया

राधा का प्रेम उन्मुक्त था

जिसने कृष्ण को कृष्ण ही रहने दिया

Divya Sharma

" दिवानी "

हर शाम किसी के लिए

सुहानी नहीं होती ,

हर प्यार के पीछे

कोई कहानी नहीं होती ,

कुछ तो असर होता है

दो आत्माओं के मेल में ,

वरना गोरी राधा, सांवले

कान्हा की दीवानी नहीं होती

Divya Sharma

" ईश्वर की मर्जी "

हर चीज और घटना के घटित होने के लिए

ईश्वर के पास कारण होता है

हम कभी उसकी बुद्धिमता को नहीं समझ पाएंगे

क्यूंकि हमारा वजूद ही क्या है

दुनिया में जो भी होता है ईश्वर की मर्जी से ही

हम उस पर ऊंगली नहीं उठा सकते हैं

अगर हम कुछ कर सकते हैं तो सिर्फ इतना कि

उसकी इच्छा पर भरोसा कर सकते हैं !

Divya Sharma

" जिन्दगी "

अकेले ही लड़नी पड़ती है ,

जिंदगी की लड़ाई ....

क्योंकि लोग सिर्फ तसल्ली देंगे ,

सुझाव देंगे , साथ नहीं ....

जिंदगी कोई ताश का खेल नहीं ,

जो बादशाह की तरह खुशनुमा हो ....

क्योंकि जिंदगी को संघर्ष है ,

जो हर पल करना होता है .....

Divya Sharma

" पहचान "

हौसलों में कैद आसमान रख ,

जंजीरों को तोड़ तोड़ ऊंची उड़ान रख ,

छोटी ही सही मगर भीड़ से हटकर ,

अपनी एक अलग पहचान रख !

सत्य , इंसानियत समझ ले काफ़ी है ,

जरूरी नहीं गीता कुरान रख ,

जिस ताल्लुक तक उम्र बढ़ानी हो ,

उसके दरमियान एक फांसला रख !!

Divya Sharma

" बहना सीख लो "

अच्छा है चुप रहना सीख लो ,

लेकिन सच भी कहना सीख लो ,

झूठ दूर तक तब चलता है ,

कड़वा सच भी सहना सीख लो ....

हवा के संग बहता जाता है ,

अपने पांव पर सहना सीख लो ,

दिल पत्थर ही न बन जाए ,

आंसु बनकर बहना सीख लो .....

Divya Sharma

" सफलता "

बड़े सपनों को पाने वाले , हर व्यक्ति को सफलता और असफलता से कई पड़ावों से गुजरना पढ़ता है ,

पहले लोग मजाक उड़ाएंगे , फिर लोग साथ छोड़ेंगे , फिर विरोध करेंगे ,

लेकिन इन सब विरोधों से , असफलताओं से न घबराते हुए ,

इन सभी बाधाओं का सामना करते हुए , इन पर विजय प्राप्त करते हुए आगे बढ़ना सीखे लो ,

क्योंकि जब तुम्हें सफलता हासिल होगी तब यही तुम्हें विरोध करें वाले , तुम्हारा साथ छोड़ने वाले एक दिन कहेंगे ,

कि हम तो पहले से ही जानते थे कि तुम एक न एक दिन सफ़लता जरूर प्राप्त करोगे ,

इसलिए सफलता के रास्ते में आने वाली परेशानियों से ना घबराते हुए निडरता से आगे बड़े चलो !

Divya Sharma

" दोस्ती "

यूं तो हजारों दोस्त मिले हैं जिंदगी में ,मगर एक दोस्त ऐसा मिला है जो मेरे घर का सदस्य ना होकर भी , हर खुशी में साथ रहा और कोई भी परेशानी आई तो मुझे कभी टूटने नहीं दिया , मुझसे पहले उसने उस परेशानी का समाधान ढूंढ लिया !

वो भले ही हर पल मेरे साथ नहीं रहता,

मगर मेरा साथ हमेशा देता है ,मेरी गलती पर मुझसे नाराज़ भी हो जाता है , लेकिन खुद ही आकर मुझे मना लेता है !अपनी ज़िंदगी की हर एक अच्छी बुरी बात मुझे बताता है , चाहे मैं उसकी मदद के पाऊं या नहीं फिर भी मुस्कुराकर कहता है कि " तेरे जैसा दोस्त भगवान सबको दे " ! वो मुझे मिला तो एक अजनबी बनकर था, मगर मेरी जिंदगी का सबसे अहम हिस्सा बन गया है, दुआ है उस रब से की वो हर पल खुश रहे, और मेरी जिंदगी में यूं ही हमेशा बना रहे , दुनिया की सारी खुशी उसे मिल जाए और वो हमेशा हसता मुस्कुराता रहे !

Divya Sharma

" ख्वाहिश "

एक लड़की जो अपने घरवालों की खुशी के लिए अपनी सारी इच्छाओं का गला घोंट कर उनकी खुशी में खुश हो जाती है तो फिर घरवाले ये क्यों भुल जाते हैं कि लड़की की भी इच्छाएं हैं, उसकी भी भावनाएं हैं, जब तुम उसको नहीं समझ सकते हो, तो उस से उम्मीद क्यों करते हो कि वो तुम्हारी हर ख्वाहिश पूरी करती रहे,

खुद को अंदर ही अंदर मारती रहे ,अगर वो सब कुछ शांत होकर सहन कर सकती है,

तो वक्त आने पर अपने अंदर के तूफान को भी जगा सकती है, अगर उसमें किसी को पैदा करने की क्षमता है, तो किसी को जड़ से खत्म करने का साहस भी रखती है,

वो सिर्फ तब तक सब कुछ सहन करती जब तक उसके आत्म सम्मान पर बात नहीं आती, जिस दिन कोई उसके आत्म सम्मान को ठेस पहुंचाता है ना उस दिन वो दुर्गा बनकर उसका सर्वनाश भी कर सकती है , इसलिए जब तक वो शांत है उसको शांत रहने दो उसको दुर्गा बन ने पर मजबूर न करो ......

Divya Sharma

" एक गुमनाम सा रिश्ता "

दिल में न जाने कितने सवाल लिए चली गई , अपने घर को त्याग कर चली गई , नए घर को अपना मानती चली गई , मगर ना जाने नया घर सिर्फ उसकी खुशियों को आग लगाता चला गया , मां बाप की खुशी की खातिर उसने सब कुछ दांव पर लगा दिया अपनी खुशियां , अपने सपने , अपनी इच्छाएं मगर उसके साथ जो हुआ उसको कोई नहीं समझ पाया ,और अब उसके दिल में सिर्फ एक ही ख्याल आता है :

जिस अग्नि कुंड के चारों ओर फेरे लिए,

उसी में भस्म हो जाने को दिल करता है, सुहाग की जो निशानियां मिलीं, उनको जला देने को दिल करता है, जो हर पल मेरे दिल पर गुजरी, उसको दुनिया को बता देने को दिल करता है, सदा सुखी रहो का आशीर्वाद देना कौन सा मुश्किल है, मगर क्या सच में कोई खुश रहने की कामना करता है , अब वो अपना दर्द किसको सुनाए मायके जाए तो ये सुने कि तुम्हारा भाग्य है , ससुराल जाए तो ये सुने कि तुम दूसरे घर से आई तो , आखिर उसका घर कहा है , उसका वजूद क्या है ? क्या एक लड़की सिर्फ इसलिए पैदा होती है कि बड़ी होकर शादी करके दुसरे घर जाके वहां की बातें सुने और घुट घुट कर जीती रहे ? उसके मन में उठे उन सारे सवालों के जवाब कौन देगा उसको वो समाज जिसके डर से घरवालों ने उसकी इच्छा तक न पूछी और

उसको एक ऐसे घर भेज दिया जहां उसके आत्मसम्मान को हर रोज ठेस पहुंचती है ??

Divya Sharma

" औरत और उसका स्वरूप "

उसको भी उड़ने की आज़ादी है , उसकी भी कुछ इच्छाएं हैं , वही क्यूं अपनी जिम्मेदारी की खातिर खुद को मना ले , वही क्यूं अपनी ख्वाहिशों का गला घोंट दे , क्या वह नहीं चाहती उसका नाम हो , क्यों सब उसको कमजोर समझते हैं , हर पल सबके लिए खुद को खुश रखे , सबकी जरूरतों का ध्यान रखे , उसकी कोई पसंद नहीं है क्या , उसकी कोई पहचान नहीं है क्या , क्यों उसको आकाश की बुलंदी नहीं छूने देते , क्यों उसको उसके मन नहीं करने देते । ये सारे सवाल हर पल उसके मन में होते हैं जिनका जवाब शायद ही कोई देना चाहेगा । उसको अबला नारी समझने वाले ये क्यों भुल जाते हैं कि वो दुर्गा का स्वरूप है जो अगर अपना रूप धारण कर ले तो सबका सर्वनाश भी कर सकती है ।

" तमन्नाओं से खेल रहा है उसका दिल , जीत मुमकिन नहीं है और हार उसे मंजूर नहीं। "

यूं तो हर रिश्ते में उसकी परछाई है हर रिश्ते में वही है मगर उन्हीं रिश्तों के खातिर उसके अंदर की औरत हर रोज मार रही है ।

Divya Sharma

Dr. Pranoti Sakhare

Dr. Pranoti Sakhare from the city of Oranges.

Dentist by profession, Lecturer, Author, Writer, Blogger, and Food Photographer.

The compiler of Inspiration and Vacation, Co-author of 30+ books, won several creative writing competitions, all over India, winner of several Photography contests. Recently participant in the Successgyan reality show and got a nomination for the Power Super Women award 2021. She aspires to be a "Motivational Speaker" and inspire people all over.

BLOG SECTION

BY

Dr. Pranoti Sakhare

MENTAL HEALTH AND TRAUMA

Pain, depression, anxiety and a lot more, we all suffer under such pressures in life, we get fed up, we are sometimes close to breaking, and sometimes we struggle even in the smallest situations, it is nothing but our mental health that is affected and ignored by many of us. Let us talk...!!! Let us talk about Mental Health and trauma that affect our mental state.

What do you actually mean by Mental Health? Mental health is a state where we have to realize the ability to survive with day-to-day stress and perform well. Mental health is the foundation for our emotions, thinking, learning, communication, resilience, and self-esteem. We tend to feel ashamed; we panic and ignore the thought it is just a normal condition and can be treated. It is a treatable medical condition just like a normal disease Hypertension and Diabetes. So, it is very important to know about our mental health. It is not always necessary that a happy person cannot experience mental conditions.

Mental health and trauma can be experienced by any of us. Did you know? That there are certain factors which contribute in mental health and trauma, such as,

- Biological factors

- Life experiences

- Family history with mental trauma problems.

The biological factors include prenatal trauma, brain defects or injury etc.

The life experience includes relationships and personal experience related to job etc

The family history includes any family psychiatric history etc.

To be more ordinary, the conditions today that people mostly experience as a type of mental health and trauma are depression and anxiety.

Depression is feeling low, being sad or upset, while anxiety can be called fear and worry.

The signs and symptoms of depression include,

- Negative thoughts,

- Mood swings and

- Behavioural changes.

While the signs and symptoms of anxiety included,

- Panic feeling,

- Nervous habits,

- Shortness of breath,

- Sweating etc.

Depression and anxiety can occur at the same time. But the treatment lies in our own hands, its only how you handle your own mind and try your way out.

Some tips which can help us dealing with such issues are,

- Express what you feel,

- Take care of ourselves

- Have a good sleep aiming for 7 to 8 hours of sleep and

- Take ample nutrients like apples and nuts once a day.

There are several medicines which can be used: Antidepressants, Anti-anxiety, and Mood stabilizers. Medicines can only be taken on doctor's advice.

Mental health needs rays of sunlight that are more openness and a more immodest conversation. Therefore, it is very essential to talk and express our feelings to overcome our fear of mental health and trauma.

"Mental Trauma"

Mental trauma can be psychological and emotional trauma. We can experience trauma through very stressful conditions including fighting and hard situations, it can happen at any of us, at any age and can cause long-lasting harm to our mental health.

We actually don't "move on" from our trauma, we "carry it", some survive while some get broken, we are here to live our lives without feeling helpless.

Mental trauma is like a Drug addiction which sticks with you, even if you want to get rid of it, it doesn't leave you. Mental trauma is a trauma after the terrible moment has passed, it becomes a life sentence for a crime you didn't commit. Women who have gone through abuse or other trauma have a higher risk of developing a mental health condition, such as depression, anxiety, or post-traumatic stress disorder (PTSD). If you are experiencing changes in how you think, feel or behave that are interfering with your ability or live your life normally, reach out to a mental health professional. The sooner you get professional help for abuse or trauma, the sooner you begin to get better.

Some ways to deal with it are,

●   Therapy with a professional counsellor can help you work through feelings and learn healthy ways to cope.

●   You don't have to talk about the trauma itself, you must have someone to share your feelings with face to face, someone who will listen attentively without judging you.

●   Participate in social activities, reconnect to old friends,

●   Try exercise

●   Get plenty of sleep

●   Avoid alcohol and drugs and

●   Eat a balanced diet.

●   Allow yourself to feel free

One in four people is struggling with mental health at some point in their lives today. And with this pandemic coronavirus situation, many are facing an economic crisis. In such a situation turn to a trustworthy person and get help, if you don't heal your bleeding, you will bleed onto people who did not cut you. Sometimes the heart needs more time and what happens to you is inside you, be brave enough to heal your wounds. Sooner is better.

DEALING WITH ANXIETY

Often we find ourselves drowning into an ocean of self-emotions. Strangled, many of us would struggle to move out of that state of mind. Perhaps, that's what a bird does to move out of the cage. Try, try till you succeed.

But is success just a day's task?

Hmm!

Okay!

Let me give you one more example. Have you ever noticed ants building up their castle in the mud? It might seem the tiniest homes to us but for them, it takes days to build that hollow space for their breeding and livelihood. What do you think, how easy would have been its journey?

It is Tough! So is to uplift ourselves from the loop of thought turning into anxiety.

In the course of struggle we often start doubting our potential. When we think about this in terms of energy, the more the factor of struggle appears in your perception, the more the effect of resistance is felt in your mind. This in return creates a void of confidence trapped in fear that hampers our thought to see the wider picture and broader perspective. This leaves all of us destitute of a calm state of mind and in grip of Anxiety.

don't let us express our emotions and lead us to a path where we feel depressed in a certain way.

We are grown up in a culture where studies are given more importance than our skills. We feel sad and we feel emphatic when our capabilities are judged based on marks we score in exams and not on the abilities we perform well.

We hustle with trouble and struggle to achieve our intentions, but nothing comes out of it as anxiety takes over. Anxiety knows the door of our life and keeps us away from all our likes.

We have dreams in life, but we don't have time. We have so many thoughts in mind and still, nothing happens on time.

Thus we often end up asking questions to ourselves that,

Are we happy? Are we satisfied? And are we doing right with ourselves?

This moment makes us realize our extent. We feel the need to build our courage and recognize that happiness is the primary way to success.

This enthusiasm helps us to put forth our dreams and think of the positive side of the screen. We sense the need to accumulate ourselves and we start creating a new version of ourselves.

It is always you who can motivate yourself and allow yourself to bring out the creativeness in you.

- Allow yourself to flow the positivity in you.

- Have positive thoughts.

- Practice deep breathing exercises, listen to music, and create an environment where your fear doesn't have a place.

- Challenge your creativity and participate in activities.

- Write your thoughts and try to express your feelings.

- Overcome your fear and increase your focus on work.

- Try helping yourself in achieving your goals because these are the only things that will make your self-worth

Make it your spear and be ready to face the world. Be significant to stand alone for yourself and still have no fear of escalation. Make it emerge and make it actual. Your imaginations are waiting for you. Be proud of your passions, worries don't let you build your future, you need to remind yourself to create new things.

STRATEGIC PLANNING AND PRIORITIES

We often follow smart people and people who motivate us "The Leaders". The leaders with intellectual and established priorities hold the rank of the society. A leader is a person we look up to for guidance and enthusiasm. Somewhere we establish strategies and try to build up our life's, we try to balance the situations and tend to make it work.

Let me share with you an example to throw more light on it. Have you seen a weight with hoppers?

The hopper will balance both the sides of the weight and hand over the product. The same is with our goals in life, we should have an equalized and stabilized balance between our goals and our minds along with satisfaction equally. An equilibrium state in our lives also plays a vital role between the plans and the priorities, so prioritizing tasks is important as each goal in life should be executed with an objective.

When we talk about the priorities enlisted for our success, we should decide what can be acknowledged first. Have you seen the division of wards in a hospital? A hospital is divided into three main areas like a critical unit, wards, and OPD area. The emergency patient is directed to a critical area and care is provided to the patient on an emergency basis, the same is with the task prioritization in companies' which comprises critical, important, and desirable tracts.

Accordingly, we need to set priorities and accomplish the critical goals in life first.

Now, the most common problem that we ideally struggle with is when final goals are not clear? This further leads to challenges that prompt in individual understanding and execution. At such times you should take ownership and understand that your passion is valuable to you, discovering passion and love for your goals that can inspire you from within.

It's like reading the book "The Three-box Solutions", which states the solution in three boxes,

Box 1 - optimizing core passion,

Box 2- forgetting past regrets,

Box 3 - working for future success.

Sometimes you have to set a goal beyond your imagination, so that you know the true potential of yourself.

As humans we are emotional and often make decisions emotionally, but the correct approach should have a logical and correct plan to succeed in leaving emotions aside. The process won't be perfect but motivating yourself can lead to better results.

What if the strategies don't work?

To make a strategy work the right balance is important. Draw a plan, make adjustments, and set priorities, enhance more value to your work and redirect your plans. Good corrections and satisfying work are the prime objectives.

Ask questions to the yourself,

a. What are the issues?

b. Benefits and drawbacks

c. What are the effects of your decision?

d. Is the strategy working?

Your work should be significant and help determine the change and aligning the objective of the goal.

Making up decisions and setting a target to achieve is a course of hard work and dedication. You should realize the importance of each task and help in generating true value for yourself by setting examples and giving more equilibrium to your determinations.

You have to get up and keep going.

SELF CONFIDENCE

Confidence is a swagger in every situation, rock on your first date or even cracking a job interview, confidence shows the power of inner strength within you, confidence helps you to believe in yourself. Confidence is a choice to build on possibilities, achievement, feel happy and be of your emotion, it's being beautiful and fearless about the things we love about ourselves.

Everyone at some point in time needs confidence, it reminds us that you can't fail being yourself and believe in the journey without getting worried about the destination. Realizing and learning different things in life is worth pursuing your dreams. You can never know what you are good at, but having self-confidence will always help you know about your abilities. You need to be pursuing and working on self-confidence which could finally help you in overcoming your fear and believing in your goals.

Confidence is a recipe where you need to mix every ingredient of your determination and work likewise.

Here is some booster dose of confidence:

1.	Analysis of your past achievements: Make a list of good things such as passing exams, or even winning in a race. This will help you to feel proud of yourself and make yourself understand that whatever you have achieved is impressive.

2.   Groom yourself and dress up nicely: This is so apparent that whenever you shower or shave freshen up your mood and you feel confident even with such a little thing. Dressing up nicely will also make you feel presentable and will make you feel convenient to complete your task at work place.

3.   Exercise: Being fit is nothing but taking care of your health, and exercise also helps in improving work focus, prevent depression, help in memorizing things, and improve the aspect of your life by enhancing the blood circulation of our body.

4.   Think positive: A positive thinking aspect can conceive a mind and make you believe in your goals to be achieved. 'I can't stand up 'is a negative thought but 'I will try to stand up is a positive thought you can have, it seriously works if you feel positive and try. Crack a smile, be good enough and don't let you insecurity ruin your life.

5.   Establish some objectives in life: Setting an objective is not having big goals, but is to believe in your abilities even after achieving small goals in life, it's like baking a cake where you have to show patience for letting it rise. Identifying the object is deciding the moment being beautiful and comforting yourself the quality person you are. Try to live life in retaining your mind and achieve your intentions with confidence.

Confidence is like climbing a mountain if you give up at the start of your journey by losing hope you won't reach the

• • •

peak of it. You need to start climbing the mountain and challenge yourself for greatest accomplishments.

Smile and try to be happy with the little things you have, be grateful to life, and accept your failure as a way of improvement. Try doing things that make you happy, visualize your goals, and try to smile more.

POETRY SECTION

BY

Dr. Pranoti Sakhare

एहसास

काश तुम मेरे पास होते
ज़िंदगी में ना सही जज्बातों में खास होते

दिल के गहराई में झांक कर देखते
तुम खुद को ही पाते

इस प्यार के समंदर में
कश्ती बन कर आते

कर लेते प्यार की थोड़ी कदर
हम रहते नहीं इस मोहब्बत से बेखबर

कुछ तुम करते कुछ हम
साथ देते तो चल पड़ते तेरे संग मेरे हमसफर

एहसास से ज्यादा है सपनों की चाह
ना काटे चुभते होती फूलो की राह

इस प्यार के घेरे में हम बस से गए
ना किनारा मिला और न हम उसमे डूब पाए

खुद को कैसे बचा पाते इस आघोष से
पल भर में यूं ही हम बेखबर हो जाते

ख़्वाब है या हकीकत हम समझ ना पाते
तेरे प्यार के आगे हम खुद ही झुक जाते

Daiso Publishing House

IN LEGISLATIONS

Nothing can be more peaceful,
Nothing can be more realistic,
You came into my life, just like magic

I adore you with true compassion
It was you who wiped my tears, when I was disheartened,
You did not leave me alone for a second, I owe my happy
days to you as my elegance.

I felt at home with you, you never comprehend my real
parents although,
I miss the laughter we had at times,
You perpetually treated me just like your own daughter

Your love for me was endearing, it made me survive,
Its difficult to say goodbye,
Because you know it was not my choice.

I bow down to you with admiration,
My love for you will never be in confession
I sacrifice my composure just to keep your reverence.
And also, the family which accepted me as one of their
own preference

• • •

I wish you a prosperous life ahead,
Have equilibrium and satisfaction as your constant,
I request you to remember me as your daughter, and not
as an ex-wife of your youngster

Daiso Publishing House

QUOTE SECTION

BY

Dr. Pranoti Sakhare

ENGLISH QUOTES

We often have fear of losing and then we shrunk ourselves into shells. It's not only the enrichment that matters but it's a good deal of thoughts that would help us overcome

The magic of giving joy to others gives you happiness, positive vibes and a key to healthy life

Sometimes we are tired of getting hurt, sometimes we are tired of crying, and sometimes we are even tired of fake smiles. It's not the feeling that kills us but it's the time we need to get use to it

Life is not about rules, sometimes you need to ignore and make things happen. Either accept it or face it, always have the power to do it.

The challenge is to accept ourselves and learn to grow, trying to adopt the reality and never look back

HINDI QUOTES

Raat me hi kyu uthate hai jazabaat
Ankhen band karu toh dikhte hai halat
Na nind hai ankhon me, na hi hai sukoon
Is dil ko kaise samjhaye sab thik hoga ek din zaroor

Chalo aaj kuch karke dikhaye
Himmat jutaye aur aage chal kar dikhaye
Na roke aaj khud ko is mushkil me
Duniya ko aazamaye aur hasil karke dikhaye

Muskurana sikh jao
Zindagi abhi bhot baki hai
Na rona tum mushkil me
Tumhara khush rehna abhi baki hai

Jazabaat khul se gaye hai
Sapno ko mili hai nayi udaan
Na hausla tha dil me, na hi tha yakeen
Bus ummed ne kar diya hai sab kuch aasaan

Monu Sharma

Perfession - singing & writing
I am working as a salesman

Email - monus292@gmail.com
Insta I'd - Monu_pandat_star
Cont - 9717150906
About you - he is 27 year's old young & cute boy

Location - Noida Uttar pardesh State

सभी किरदार अपने जब कहानी ढूंढ लेती है
तो फिर खोये हुए राजा को रानी ढूंढ लेती है

बुढ़ापे में मिलो तब भी कोई शिकवा नहीं हमको
तलब सूखे हुए दरिया में पानी ढूंढ लेती है

समझदारी बचा भी ले अगर बदनाम होने से
तरीका फिर नया कोई जवानी ढूंढ लेती है

ज़रा सोचो तुम्हें आसान रस्ते लग रहे मुश्किल
नदी मुश्किल डगर में भी रवानी ढूंढ लेती है

वही बचपन जिसे मैं ढूंढता फिरता हूँ खुद में ही
मुझे मिलता नहीं है और नानी ढूंढ लेती है

-मोनू पंडित

शीश धड़ से अलग हो गया प्यार का
ये नतीज़ा मिला हैं अहंकार का

फूल से खुशबुएं सब विदा हो गयी
आंख से आंसुओं का गमन हो गया
इक दुखद सूचना है सभी के लिये
प्रेम का दिल के भीतर निधन हो गया
बिन हृदय लाभ कुछ भी नहीं देह का बिन हृदय तो ये जीवन है
बेकार का
शीश धड़ से अलग ....

टूटने जब लगे प्यार के आईने
नफ़रतें बढ़ गयी बैर होने लगा
जब झगड़ने लगा अपने ही आप से
आदमी ख़ुद से ही गैर होने लगा
लड़ रहा हैं स्वयं से स्वयं के लिये दोष किसपे लगे जीत का हार का
शीश धड़ से अलग ...

प्यार को बाँटना चाहते ही नहीं
चाहते है मगर प्यार मिलता रहे
चाहते है सभी बस बिना जल दिये
प्यार की पौध में फूल खिलता रहे

ये प्रलय जो धरा ने परोसी हमें दंड हैं ये हमारे अनाचार का
शीश धड़ से अलग ...

-मोनू पंडित

मिला है ये तजुर्बा ज़िन्दगी का
कोई अपना नहीं होता किसी का

जहाँ पर गुप अँधेरा दिख रहा है
वहीं से रास्ता है रौशनी का

घटा करके ख़ुशी को ज़िन्दगी से
गमों ने कद बढ़ाया है ख़ुशी का

मिली है मात जिनको इश्क़ में वो
भला करते रहे हैं शायरी का

तुम्हारा था तुम्हारा ही रहेगा
ये दिल हो ही नहीं सकता किसी का

मोनू पंडित..✍️

घोर उदासी चेहरे पर है और महीनों रोना है
जाने वाले के जाने से बस इतना ही होना है

रूठी बीवी आंख दिखाकर अक्सर ऐसा कहती है
हाथ हटाओ छेड़ो मत ना छोड़ो मुझको सोना है

हम क्यों तय कर लेते हैं में उसका हूँ वो मेरी है
ये तो रब के हाथों में है किसको किसका होना है

सौंप दिया है मात-पिता ने जबसे सब कुछ बेटों को
मालिक का ख़ुद अपने घर में इक छोटा सा कोना है

मोनू पंडित .. ✍

टूट गये जन्मों के वादे राधे राधे

इक दूजे बिन दोनों आधे राधे राधे

राज़ बता रक्खे हैं जिसको अंदर वाले

गर वो सबमें शोर मचा दे राधे राधे

वैसे तो इस दिल का बिकना नामुमकिन है

तू जो इसके दाम लगादे राधे राधे

इस दुनिया की बंसी बंसी में कान्हा है

कान्हा की बंसी में राधे राधे राधे

जिसको चाहत के दर्द नहीं मालूम उसे

गीत अगर संकल्प सुना दे राधे राधे

- मोनू पंडित ... ✍

रंग लिखूं दुनिया के तुमको या कोई तस्वीर लिखूं

अश्कों वाली खुशियां लिक्खूं या खुशियों की पीर लिखूं

बालक थे जब बिछड़े थे हम खुद से तुझको पाने में

सारी दुनिया घूम लिये हम खुद से खुद तक आने में

सारी दुनिया घूम ...

फूलों जैसी काया देखी पत्थर जैसा मन देखा

औरों पर न्योछावर हो जाने वाला जीवन देखा

और कहीं देखा जीवन को डूबे इक पैमाने में

सारी दुनिया घूम

क्या बतलायें इस दुनिया में हमने क्या होते देखा

बेहोशी को जगते पाया होश कहीं सोते देखा

ख़ुद सोये है जो दुनिया को लोग लगे हैं चेताने में

सारी दुनिया घूम

तुमसे प्यार किया तो हमने दुनिया को इतना जाना

अपना ही अपनों को अक्सर कर देता है बेगाना

अंतर होता है रिश्ते को कहने और निभाने में

सारी दुनिया घूम

मोनू पंडित . ✍

बताना मुझे भी अगर भूल जाओ
भुलाना नहीं था मगर भूल जाओ

चुराते हैं नज़रें नज़र ही नज़र में
मिली जो नज़र तो नज़र भूल जाओ

जिसे भूलना है उसे याद करना
अगर शायरी में बहर भूल जाओ

लबों पे लबों को न रक्खो हमारे
कहीं आप अपना सबर भूल जाओ

नशा एक हद तक ही अच्छा है यारों
तो इतनी न पीना की घर भूल जाओ

मोनू पंडित .. ✍

Kon apna hai kon parya hai
Bure wakth ne yeh shikaya hai..

Apno ne thukraya jamane ne Satya hai
Sari duniya ne sath chodh diya
Sai apne gale lagya hai..

Kabhi pana hai kabhi khona hai
Jiveen shuk dhuk ka Sangam hai..

apna woh hai jo dhuk mai sath de
Khusi mai toh hizde bhi athe hai..

maa toh maa hoti hai
Maa ka koi mol nahi

ashu aankh ka moti se kam nahi

aesa manjer khuda kisi ko na dhekiye
Apna dil apne hato dafnaya hai

मोहब्बत है तुमसे बना ले मुझे अपना

meri galthi mai chipa hai mera
Insan ho na
Jo galthi na kare woh fareshta hoga

khuda yeh din kisi ko na dhekiye
Apna dil maine apne hato se dafnaya hai

maa toh maa hoti hai....
Maa ka koi mol nahi...

pyasi nighaye dhekthi hai tumhara he rasta...
Lot so ab khudha ka hai wasta...

chanchal man mera
Koi na jag mai mera

Jiska chaha woh sath nahi
Jo sath hai us se pyar nahi

Chanchal man mera
Koi na jag mai mera

Aaj bhi usi ki yaado ka saya
Lot ao pyar tum se jada hai

Chanchal man mera
Koi na jag mai mera

Tum thi khusiyo ka tha mela
Aaj hu tum bin thanha akela

Chachal man mera
Koi na jag mai mera

Apna dard kisko sunau
Koi jiske gale lag jau

Chanchal man mera
Koi nahi jag mai mera

Ab zindagi ke safar se thak gaya hu
Tuth kr ander se bhikar gaya hu
Zinda hu per ander se mar gaya hu

Chanchal man mera
Koi na jag mai mera

zindgi har roj kuch naya shikati hai

jo khudh jala kr dhusro ko roshan kare woh diya hai

zindgi mai Hira parkh ne wale se
Pira prakh ne wala ka jada mehtav hota hai...

aankh se nikla assu moti se kam nahi
Or
Jo maa ka dil dhukiye us se pada koi papi nahi

bhagwan banne se phele acche insan bano

मोनू पंडित ..

Samrat Arora

समाट अरोड़ा मूल रूप से उत्तर प्रदेश के अमरोहा जिले के धनौरा शहर से आते है। उनका जन्म दिल्ली में 3 नवम्बर 2003 को हुआ था। जीवन के संघर्ष को वह अपनी लेखनी मे डालना जानते हैं। देशभक्ति की भावना मे सराबोर वह राजनीति के छात्र रह चुके हैं। वर्तमान राजनीति को वह अच्छे से अध्ययन करते है। वर्तमान मे वह एक छात्र है। उनका मानना है कि जीवन के संघर्ष कविताओं में नयापन लाते हैं। वह 25 साहित्यिक संग्रह का हिस्सा बन चुके हैं। वह " एन एल एच एफ " से जुड़े हुए हैं। वह बैंक सेवाओं के लिए तत्पर हैं। वह एक लेखक बनना चाहते हैं। उनकी लेखनी आसपास की घटनाओं पर आधारित होती हैं।

" वो लोग "

दर्द देकर आजकल ,
मरहम लगाने लगे हैं लोग।
असल शख्सियत दिखाकर,
चेहरा छुपाने है लोग ।

जिस्म का बाजार सजाकर,
सच्चाई की आवाज़ उठाते हैं लोग ।
भूल जाते है जन्म देने वालो को ,
बाहर सम्मान करना सिखाते हैं लोग।

शोहरत की सीढ़ी के खातिर,
सब कुछ भूल जाते हैं लोग ।
जिंदगी फीकी हो जाती हैं, जब
आखों वाले अंधे हो जाते हैं लोग ।

रास्तों पर काँटे डालकर ,
मार्ग दिखाने चले है लोग ।
अंधेरे में जिन्दगी भेजकर ,
घी का दिया जलाते हैं लोग।

बुढ़ापे की लकड़ी का अपमान,
हँसते हुए कर लेते है लोग ।
सगे भाई को अलविदा ,
हँसकर कर देते हैं लोग।

जीवन भर की कमाई का,
किया चुकाते हैं वो लोग।
सच्चाई की चिता पर , जब
जल जाते है वो लोग ।

ताकत के दम पर अपनी ,
जिन्हे दबाते है वो लोग।
कर्मो का किया , जीवन भर
निभाते है वो लोग ।

Samrat Arora

सीख

सत्य सनातन धर्म रूप , या विश्व दिवाकर कर्म रूप ।
जीवन का सच्चा विचार है, जिसके अंदर संस्कार है ।

वेदो की महागाथा हो , या धर्म संगत विखयाता हो ।
सब एक सीख बताते हैं, संस्कार आचरण माप जाते हैं।

जीवन के सच्चे मेल का , मानव मे संचार होती हैं।
बच्चे की जीवन गाथा , संस्कारों पर सवार होती हैं।

बच्चे की सच्ची आशा , जीवन के विचार होते है।
जीवन के बसेरे मे सबसे जरूरी , संस्कार होते है।

गोत्र, धर्म जाति न लिंग, कोई नही समझा सकता ।
जहाँ नींव रखी संस्कारों की , उसे कोई डिगा नही सकता ।

वाल्मीकि जी की रामायण का , सार यही बतलाता है।
कुल रघुवंश का आज भी , संस्कारों के लिए जाना जाता है।

संस्कार मिलने लगे जहाँ , हर कारज सिद्ध हो जाते हैं।
घर मे आती है लक्ष्मी, ईश्वर भी कृपा बरसातें हैं।

जीवन की सच्ची पूँजी है, मिलकर उसका संचार करे।
बदले अपने जीवन को , एक बार फिर से विचार करे ।

Samrat Arora

• • •

Daiso Publishing House

जीना इसी का नाम है

सर्द रातों में,

चल जाते हैं,

तिनको के सहारे।

हँसते है हम,

पर दुनियावाले,

कुरेद लेते है घाव हमारे।

पानी के गोते ,

नाव की पतवार ,

भिगोते है गम हमारे ।

लाख कोशिश ,

भी पूरी नहीं होती ,

चाहे कितना ही विचारे।

दुनिया की ,

सही महफ़िल में ,

सपने टूटते हैं हमारे।

आशियाने भी ,

खत्म हो जाते ,

नियति जब ठोकर मारे ।

ढूँढने

पढते हैं,

फिर भी सहारे ।

मन मे

गम और जाम है

बरखुरदार, जीना इसी का नाम है।

Samrat Arora

काफिर

मुझे दुनिया वालो काफिर न समझो ,
ये सत्ता वही हैं जो काफिर बनाती रही है ।

जीवन के अन्धेरे मे हर किसी को डूबाती रही है ,
राम नाम के बोल पर सब को लड़वाती रही है।

काफिर की कहानी , दर्द की चाशनी है ।
अंधेरे मे डूबी , काफिर की हर चाँदनी है।

सत्ता के सिंहासन पर बैठें है जो ।
बर्बादी का मंज़र देखेंगे अब वो ।

जीवन की पतवार छीनी जिसने हमसे।
आज भाग रहे है, जाने क्यो हमसे।

सच्ची आवाज आ रही है हमारे मन से ।
त्याग भावना भरी है हमारे तन मन मे ।

जीवन के बसेरे मे , रोशनी हम लेकर आएंगे।
काफिराना अपना, पूरी दुनिया को सुनाएंगे।

Samrat Arora

सुशांत :- एक इतिहास

सम्मान की गुंजाइश , जागी उस सवेरे मे ।
जन्म हुआ उस हीरे का , जब इस घेरे में।

जीवन रस मे उत्तीर्ण रहा , सफल होकर आगे बढ़ा।
अपनी मेहनत के बल बूते पर , उसने इतिहास गढ़ा ।

धरती के उस लाल की , हर किसी ने गाथा सुनाई।
गुरूर बना अपने आँगन का , दुनिया मे जगह पाई ।

आशियाने की दीवारों को , वो पवित्र रिश्ते से सजाता रहा।
खुद कहलाकर के " छिछोरा " , सारे जग को वो हँसाता रहा ।

समय यथार्थ की महफ़िल में, एक पल उसने खो दिया सहारा ।
हार गया इस दुनिया से , कहलाने लगा वो दिल से " बेचारा " ।

सबके खातिर लड़ता था जो, रहा कोई न उसके साथ ।
अंधेरे भंवर सी दुनिया मे , उसे याद आते थे बाबा " केदारनाथ " ।

जीवन की पतवार कटी , कोई उसके गम न पोंछे।
कटी पतंग सा हुआ वो , सबने कहा " काय पूछे " ।

वो जीवन से लड़ता रहा , संघर्ष से उसने सब कुछ पाया।
हार गया वो जीवन से , मौत ने लहरा दिया अपना साया।

Samrat Arora

Daiso Publishing House

पिता- जीवन की सीख

जीवन की सच्चाई दिख जाती है ।
जब नियति अपना खेल दिखाती है।

जिन्दगी की डगर मुश्किल पड़ जाएगी ।
जब पिता की कहानी खत्म हो जाएगी।

जिम्मेदारी बेटे के कंधे पर जब आएगी ।
तब दुनिया उसे उसकी औकात दिखाएगी।

घबराहट के साथ , ऐसे ही जीना पड़ेगा।
ग्लानि का घूंट   , यूँ ही पीना पड़ेगा ।

दर्द दिल का किसी को, बता नही पाओगे।
खुद को पिता जितना, मजबूर पाओगे ।

तब मन मे तुम्हारे ,   एक आवाज आएगी ।
पिता की याद   , तुम्हे बहुत सताएगी।

Samrat Arora

मौत - कड़वी पर सच

जीवन की सजी कहानी है
एक समय यह आनी है
जिसके पीछे दुनिया भागे
इसके आगे वो पानी है

अंधेरी गलियों से निकल के
विधि का विधान ढूंढ लो
जो सो रहे है अब भी
उनके लिए आसमान ढूंढ लो

पैसे बचा नही पाएंगे
न शोहरत रक्षा करेगी
बिखर जाएगी जिन्दगी
जब मौत कब्जा करेगी

मरने से पहले एक बार
अंदर का इंसान ढूंढ लो
जीने का मन नही रहा
मौत का सामान ढूंढ लो

भागना बहुत हुआ अब

जीवन के बसेरे मे

ठहरो जरा रूककर

दो पल का आराम ढूंढ लो

ठहरो जरा देखकर

मौत की कहानी

मुर्दा शान्त हो जाता है

जीवन मे रह जाता है पानी

Samrat Arora

वो ज़िन्दगी

जिन्दगी की कैसी सजावट है,
हर पल मे एक अदावत है ।
हारकर भी जीत जाते है वो ,
जिनकी अपनी एक नयामत है ।

इम्तिहान की बस्ती मे ,
कोई जाना नही चाहता ।
जीवन के अपने रूख से ,
कोई बच नही पाता।

कोई क्या करेगा ,
जब ज़िन्दगी खेल खेलेगी ।
आवाज बनकर तुम्हारे मन की ,
तुम्हारी ही जान ले लेगी ।

जीत नही पाओगे ,
वो शतरंज ऐसा सजाएगी ।
हार की बाजी से खुद निकल ,
एकदम तुम्हे निगल जाएगी ।

Daiso Publishing House

जीवन भर की कमाई ,
किसी काम नही आएगी ।
दासी मानते हो जिसे ,
वो ज़िन्दगी रूद्र रूप दिखाएगी।

रूह तुम्हारी तुम्हे सताएगी,
अंधेरे मे जिन्दगी कट जाएगी।
तुम्हे सलाम कहने वाली दुनिया ,
तुमको आँखे दिखाएगी ।

Samrat Arora

ज़िन्दगी मेरे घर आना

अनुपम उपहार अपनी कृति का
रस मेरे जीवन मे टपकाना
सादर प्रणाम आपके आगमन पर
ज़िन्दगी मेरे घर आना

दूर कहीं इस बैरी दुनिया से
मेरा आँगन नया बनाना
मै राह तक रहा हूँ कब से
ज़िन्दगी मेरे घर आना

मैली कुचलती खदानों से
सुख चैन तराश कर जाना
अंधेरी गलियों से निकल के
ज़िन्दगी मेरे घर आना

मै चाहता हूँ रहमत सच्ची
हूँ आपका ही दीवाना
किस्मत का हाथ पकड़ कर
ज़िन्दगी मेरे घर आना

डर कर झुकना नहीं चाहता

चाहता हूँ अंबर मे उड़ जाना

रब की रहमत हो मुझ पर

जिन्दगी मेरे घर आना

आधार बनकर मेरे जीवन की

राह मुझे नयी दिखाना

कर्म नीति के सवेरे मे

जिन्दगी मेरे घर आना

Samrat Arora

कफन

मन का आँगन है
दिल मे गबन है
एक टूटा चमन है
जीवन एक कफन है

अंधेरी डाली मे
खोया मेरा मन है
चिता की रोशनी है
जीवन एक कफन है

दिल सो रहा है
मन रो रहा है
दुख का आगमन है
जीवन एक कफन है

डर लगता है जमाने से
दर्द है प्रीत निभाने मे
जल रहा तन बदन हैं
जीवन एक कफन है

Daiso Publishing House

आत्मा बुला रही है

अच्छा सिखा रही है

डूबा कही और मन है

जीवन एक कफन है

सुन्दर रचना बेकार है

मन मे एक दीवार है

जहरीला मोह का बन है

जीवन एक कफन है

जिन्दगी डगमगाती है

नाम कमाने मे

उम्र बीत जाती है

इज्जत कमाने मे

फिर भी बेईमान

ये बेचारा मन है

चिता की सेज पर

जीवन एक कफन है

Samrat Arora

शमशान

भीड़ भरे बाज़ार देखकर

लोग दर्द से कराहते है

मायावी ये संसार देखकर

गढ़े मुर्दे भी उखड़ जाते हैं

लालच से भरे विचार देखकर

विचार कही सो जाते है

राम का राज्य बदहाल देखकर

राम भी आंसू बहाते हैं

क्यो जीवन मे अंधेरा है

जब सब कुछ आज तेरा है

जिन्दगी तेरी डगमगा रही है

तेरी सोच मरती जा रही है

तन के कपड़े है नये तेरे

मन मे तेरे क्यो मैल बसा

अंधा हुआ शोहरत मे इतना क्यो

भाई के हाल पर तू आज हँसा

हार गयीं वो सीख माता की

जगत समर्पण विख्याता की

जो जन्म देकर तेरी आया थी

गर्म धूप मे तेरी छाया थी

क्यो सीख पिता की भूल गया

क्यो अंधेरे में सोने लगा

पड़ा था शमशान मे वो

गलती का आभास जब होने लगा

Samrat Arora

निर्भया

क्यो आज भी ऐसा होता है

बेटी का बाप फिर रोता है

कर विदा अपनी लाडली को

क्यो चिन्ता मे सोता है

क्यो आज भी सीता पवित्र नहीं

क्यो समाज का साफ चित्र नही

नारी को समझ बैठे दासी

क्यो औरत किसी की मित्र नहीं

चिता की आग पर लेट गई

जो आई थी पत्नी बनकर

घर की हिंसा मे झुलस गई

खड़ी रहती थी जो कभी तनकर

वो आग देह मे लगाओ जब

आत्मा उसकी न मर पाई

मार रहे है जिस औरत को

उसने तुम्हे दुनिया दिखाई

युगो के बदलने से

हालात नहीं बदला करते
होता विशवास नारी पर
दुशासन खड़े नही मिलते

अहंकार मे चूर अपने
नारी को दास समझ बैठे
दिखाकर अपना तुच्छ क्रोध
खुद को मर्द समझ बैठे

Samrat Arora

रश्मि

अंधकार की छाया जब , किसी मानव पर छाती है
तो बुद्धिमता उसकी , नारायण को ग्वाला बतलाती है

दुनिया की सीख किनारे पर , माता भी समझा नहीं पाती है।
जब सवाल खड़ा हो राजगद्दी का , तब दयूद की सेज सज जाती है।

पांचजन्य की महिमा तब , युद्ध का आव्हान कराती हैं
सारथी बने माधव के रथ से , अर्जुन की झलक दिख जाती है

पराक्रम की आन देख , राधेय की पताका लहर जाती हैं
तब कर्ण वीर की महागाथा, तीनों लोक में गाई जाती है

याज्ञसेनी का अपमान हुआ , जन्मी थीं जो ज्वाला से
वो पांच गांव मे संतुष्ट रहे , जिनके संग कान्हा प्रतिपाला थे

अंधकार मे जुए के जब , धर्मराज भी बह निकले
आंसू पांचाली का हाल देख , माधव के बह निकले

संगति का असर , अंगराज पर भी तो होने लगा
धर्म की दुहाई देने वाला , दुर्योधन का भार ढ़ोने लगा।

सजने लगा युद्ध का मायाजाल , कुरूवंश का पतन शुरू हुआ ।
शकुनि के उन दो पासो से , महाभारत का आगमन हुआ।

135

Samrat Arora

सजने लगा युद्ध का मायाजाल , कुरूवंश का पतन शुरू हुआ ।
शकुनि के उन दो पासो से , महाभारत का आगमन हुआ।

135

संसार

राजधानी के माथे पर , लिखा विधि का विधान है ।

सो रही सरकार है , भागीरथी बनी शमशान है ।

अंधकार की छाया मे , जागता ये हमारा जहां है ।

निर्भया रो रही है , मेरा भारत फिर भी महान हैं ।

नियति के पाले मे जाकर , कर्मो का बोझ ढो रहा है ।

भूल गए सब धर्म अपना, ये विश्व गुरु मे क्या हो रहा है।

सम्मान समारोह पैसे का , जीत यहाँ पर शोहरत की ।

कर्म गलत है सबके , फिर भी इज्जत है यहाँ मुहूर्त की ।

सब चाहते है पाना खुशी , संघर्ष को पर कोई तैयार नहीं ।

जहाँ मिले गंगा मे लाशे , वो परमात्मा का संसार नही ।

नींव डालकर खडे है सब , जीवन का पर आधार नही ।

भाग रहे है दुनिया के पीछे , मिलता अब वो प्यार नही ।

Samrat Arora

इबादत

इबादत करते हैं उस खुदा की
जिसकी आखों मे नजाकत है

दिल मे बंदो के लिए प्यार
मन मे अनूठी नफासत है

बंद आखों में भी एक नूर है
खुदा की रहमत का शुकराना है

उसके दर का करम है ये
सलाम करता हमे सारा ज़माना है

जिन्दगी की नैया भले डगमगाए
रब की मर्ज़ी पर सवाल नही उठाते

बंदो की हिफाजत खुद करते है वो
अपना खेल हर किसी को नही बताते

Samrat Arora

नारी

स्याही लिख रही है , मन मे ज्वाला भरकर

बह रही है रक्त धारा , रो रही है वो औरत बनकर

होता अन्याय उसके साथ , फिर भी सहन करती है

न्याय की झूठी झाँकियाँ देख , जीवन भर मरती है

डरती है इस दुनिया से , जिसे मार्ग वो दिखलाती है

होकर निराश इस जग मे , वो अकेली ही रह जाती है

सारे जग को जगाती है , रोशनी के दीपक सजाती हैं

वो होती है ज्वाला जैसी, फिर भी राख बनाई जाती हैं

जन्म दायिनी माँ होती है , वो अरधागिनी सी पार्वती

तैयार होती है हर परीक्षा को, वो पवित्र शिव की सती

डूबते हुए सूरज को चमक दी , जो खुद अंधियारी थी

नव निधि सर्व विख्यात थी , फिर भी वो बेचारी थी

टूटे समाज की इमारत बनाकर , आगे बढ़ने की तैयारी थी

लेटी थी जो चिता पर आज , वो भारत की नारी थी

कैसा ये संसार

देख दिखाई करते है , न जाने कितनी बात पूछते हैं

खुद की झूठी आन को , कमजोर की औकात पूछते हैं

राम नाम के नाम पर , खुद समाज को भड़काते हैं

पहनकर चोला शर्म का , साधु कुछ बेशर्म बन जाते हैं

नही सुनते ज़मीर की, बेच देते है खुद को कमाने के लिए

आबरू बिकती है कौड़ियों मे , जहाँ सब कुछ हो जमाने के लिए

रिश्ते बनाने के लिए , जात की बिसात सज जाती हैं

खवाहिश दबाई जाती है , किसी के बारे मे नही सोचता

खुद के दुख को सब लुटा दिया, दूसरे के आंसू नही पोंछता

बिस्तर पर लाने से पहले , कोई एक बार भी नही सोचता

खुदा , इश्वर, गुरू या दाता , ये कैसे हो गये सबके विचार

काम , लोभ , हवस मे लिपटा, इश्वर देख तेरा संसार

Samrat Arora

तराज़ू

जीवन के तराज़ू का भार बता रहा है

हँसता हुआ चेहरा अंदर दर्द छुपा रहा है

अंधकार मे बहता जुगनु बता रहा है

इन्सान मोह माया मे पिघलता जा रहा है

आसमान का रंग है घना नीला

फिर भी मानव का आँगन सूख रहा है

तरक्की किसी और की हो रही है

सड़ता कोई और जा रहा है

खुद चूर है जो अपने गुरूर मे

वो दूसरे को जीना सिखा रहा है

ईश्वर भी शरमा गये जिसे देखकर

उस जग का हाल ये बंदा बता रहा है

Samrat Arora

रूह से इश्क

वो हमसे रूबरू नहीं होना चाहती
हम उस पर ही छोड़ देंगे

दुनिया से लड़ लेंगे उसके लिए
सबका घमंड तोड़ देंगे

ऐसे दरिंदे हम नहीं
कि उसका दिल तोड़ देंगे

सच्चा होगा हमारा इश्क
तो रब ही रूबरू करा देखा

उस ताज का दीदार चाहते हैं हम
वो खुदा हमे उसका ही बना देगा

इबादत की ताकत दुनिया जानती है
मीरा को कृष्ण शक्ति मानती है

जो अंधेरे मे छोड़ दे आपक
ऐसे कातिल नही हम

जूनूनी हवस को करे प्यार

ऐसे जाहिल हम नहीं

विश्वास रिश्ते की जान होती हैं
इश्क मे सच्चाई व स्वाभिमान होती हैं

यूँ बेवजह आपसे मिलना ,बस चाहत है हमारी
आपके रूबरू होने से , खिल जाती है बगिया हमारी

Samrat Arora

Daiso Publishing House

स्वर्णिम भारत

जन्मे थे जहाँ राम लला

ये वो स्वर्णिम भारत है

लड़े जो मुगलों से डटकर

यहाँ रची ऐसी महारत है

शहीद हुए इस देश पर लाखो

उज्जवल भविष्य का सपना बुनकर

शौर्य दिवस का आत्म समर्पण

फिजा में गूंजे कुछ यूँ तनकर

विश्व पटल पर लहराए तिरंगा

स्वर्ण रूप सा शुभ दिनकर

जीवंत हो शहीदों का सपना

टूट जाए सारे आडंबर

स्वर्णिम भारत की नींव भरे

स्वर्ण रूप सा शुभ दिनकर

राम नाम की अयोध्या यहाँ पर
बहती यहाँ भागीरथी छर छर

विशवास भरे मन मे सब अपने
स्वर्ण रूप सा शुभ दिनकर

मुकाम हासिल करे हम सारे
बन जाए आत्म निर्भर

प्रेम, विश्वास से सजे तिरंगा
स्वर्ण रूप सा शुभ दिनकर

Samrat Arora